Totuus

Paavo Räisänen

Totuus

Paavo Räisänen

Olen julkaissut aiemmin BoD:in kustantamana useita kirjoja.
Kirjailija sivuni: www.kirja-lakka.com

Kustantaja: BoD · Books on Demand GmbH, Helsinki, Suomi
Kirjapaino: Libri Plureos GmbH, Hampuri, Saksa
ISBN: 978-952-80-8530-0

Sankari

Koitti päivä

jolloin käärme ajettiin loukoistaan

oli linnottautunut torniin

luuli olevansa voittaja

ei nähnyt käärmeen metsästäjää

Sana aseenaan

Lensi Jumalan enkeli

Rafael nimetään

kirkkaat olivat siivet

käsittämätön ääni

kirkas, toisesta maasta

oli tullut apuun käärmeen metsästäjän

ken asettuu vastaan Jumalan

ken

näkee lopun sen

Kaatoi kerran Sankari

käärmeen ristillä

käärme oli enkeli nimeltä saatana

murskasi pään

tuhosi olemattomiin

pahuus jäi elämään

Turvassa on Herran kansa

suojissa Jeesuksen

Hän apu on hädässä

voitto sodasta

Tämä on musiikki-runoesityksenä Youtubessa, sivuilla, joille linkki on kirjailija sivuiltani www.kirja-lakka.com .

Ensimmäinen Joulu

maa ja taivas

olivat hiljaa

Enkelit ja kirkkaus kedolla

Paimenet hämmästyneet, uskoivat

saatana asettui vahtimaan kehtoa

josko lapsen saisi

Äiti vaistosi, asettui vahtimaan

Tähti suunnaton

tietäjät

Ja maailma nukkui

enkelit olivat hereillä ympäri maan piirin

kunnioittivat Herraansa

Sanoma oli liikkeellä

Asettuivat vartioimaan kansojaan

odottamaan lupauksen täyttymystä

Lähtivät opetuslapset, apostolit

murhattiin matkalla

tieto niin suuri periytyvä

katkesi Egyptiin, Aleksandriaan

nousivat opit, väärät kirkkoisät

murhasivat opin, perimän

kuolema kohtasi viestin viejiä

Mutta luonto puhkesi kukkimaan

kun seimi loisti sovitusta

armahdusta

Lupaus Paratiisissa annettu

oli täyttynyt

Sovitus Ristillä

lunastus

Kun kirkostakin tänään puhutaan rakkaudesta
se on aistikasta, himokasta
se ei enää ole Jumalan rakkautta

Seksuaalinen rakkaus
kuuluu vain ja ainoastaan
avioliittoon
Jumalan Sana tuomitsee jopa
riettaan halauksen

Veljellämme Lutherilla
oli paljon hyviä opetuksia
kuten:
”Vihakin on oikeutettua,
jos kristillinen rakkaus sitä vaatii”
Syntiä ei kuulu rakastaa

Niin Jumala loi kaiken. Loi tyhjästä, Pojassaan. Hän loi tuhansia maailmankaikkeuksia ja niihin auringot, kuut, maat. Hän loi maahan Paratiisin ja sinne Adamin ja Evan. Raamattu sanoo: "Jumala loi ihmisiä". Hän loi koko maailman täyteen eri värisiä kansoja, intiaaneja, romaaneja, saamelaisia, keltaihoisia, mustia, arabeja. Ja he lisääntyivät ja elivät kymmeniä tuhansia vuosia synnittömänä. Ei ollut eikä ole evoluutiota. Kuten Raamattu sanoo: Jumala loi kaikki lajinsa jälkeen. Lajeja tuli ja lakkasi, lajit kyllä kehittyivät sisäisesti ja jotkut, kuten koirat eri rotuina, tai suden kanssa lisääntyivät ja sekoittuivat. Jumala loi erikseen kotieläimet, kuten lehmät, lampaat, porot, koirat, jne. Kissaeläimet ja susi ovat ikuisesti petoja. Ne ovat villieläimiä ja eivät täysin kesyynny. Kun Eva söi kielletyn hedelmän, jonka saatana käärmeen hahmossa tarjosi, hän lankesi ja hänen miehensä Adam lankesi myös, koska ei puhutellut vaimoaan, ja pyytänyt Jumalaa antamaan anteeksi. Jumala kirosi käärmeen, saatanan ja ajoi enkeleineen maan päälle. Samalla Eva ja Adam ajettiin paratiisista ja Paratiisia ei löydä, vaikka kävelisi läpi, emmekä tiedä, missä se oli, sitä vartioi Jumalan enkeli tulisen miekan kanssa. Aadamin lankeemus oli niin suuri, että kaikki ihmiset tulivat osallisiksi syntiinlankeemuksesta, kaikki maan päällä ja synti tuli kaikkien maiden ihmisten osaksi ja alkoi kivulla ja tuskalla työn aherrus.

Profeetta Simsonin tarina. Maa oli filistealaisten hallussa. Simson oli nafiiri, oli temppeliorja temppelissä. Simson usein tuhosi heidän temppelinsä. temppelin herra oli saatana, joka piti enkeleineen Simsonia orjanaan. Simson eli huoruudessa filistealaisten naisten kanssa. Jumala salli sen. He olivat saatanan riivaamia käärmeitä, joita raiskasi ja hyväksikäytti.

saatana vaati Simsonin naimattomaksi, vaatimalla naimattomuus lupauksen.

Kun ruumiini raiskannut on saatana
Vereni juonut on
Polttanut sen jäänteet
Tuhkani kaatopaikalla lepää
Rotat vartioivat salaisuutta
Haaskalinnut lentävät
Puolustavat maista majaani
Minne hävisi Jan Hussin
Marttyyrien tuhka
Viimeisenä päivänä
Jumalan enkelin vartioimaan sielu
Ylösnousemusruumis
Nousee kirkkaana eteen
Valtaistuimen

Saaban huorin tehnyt kuningatar tuli koettelemaan Salomoa. Hän ei voinut keksiä kysymystä, mihin Salomo ei olisi osannut vastata. Hän oli lyöty ja ei suostunut parannukseen, jota Salomo tarjosi. Hän huomasi pian kotia palatessa, että oli ilman aviomiestä raskaana ja keksi tarinan huorinteosta Salomon kanssa. Tämä on yksi etiopialaisten parannuksen este. He uskovat olevansa Salomon jälkeläisiä. He eivät ole. Teille valehdellaan vaikka mitä Raamatun henkilöistä ja kertomuksista ja saatana on kätkenyt tieteellisesti tosia asiakirjoja täynnä valetta ja antaa nyt löytää ne.

Ihminen on luonnostaan terve. Lääkkeillä tehdään sairas. Sairaalassa pakkosyötetään

lääkkeitä. Jos et syö kotona, pakotetaan, ettet osaa hoitaa sairauttasi. Lääkkeet tekevät

sairauden. Ihmisen on oikeus kuolla. Jumala on elämän ja kuoleman Herra. Korpimatkalla

kansa eli yli puoli vuotta juomatta ja syömättä ja ihminen voi jaksaa valvoa viikkokausia

lähes nukkumatta. Saatana määrää silloin syömään. Nukkumaan ja juomaan. Jumala voi

ottaa nämä tarpeet pois. Kuten usein profeetoilta korvessa. Jumala on elämän ja

kuoleman Herra ja ihminen voi kävellä vaatteet, ilman suojapukua, päällä tulimeren läpi ja

hiuskaan ei kärähdä. Tai kuolla perusterveenä 20 vuotiaana yhtäkkiä sydänkohtaukseen ja

se huomataan ruumiinavauksessa, sillä Jumala jätti merkin. Etsijälle, kadotetulle, sillä

ruumiin voi vain tarkistaa. Onko pistohaavoja. Tai veressä merkkejä myrkystä, eikä

ruumiilta saa ottaa mitään, ei sydäntä, ei verkkokalvoja Tai suonta.

Muistakaa. Abrahamin usko petti ja hän yhtyi palkkavaimoon, joka oli silloin sallittua ja esim Jaakob teki niin ja ei tehnyt syntiä eikä hänen vaimojensa piiat. Mutta Jumala sanoi lopulta. Palkkavaimon pojan ei pidä perimän Aabrahamia, vaan Iisakin. He siunasivat lähtiissä ja Herran Enkeli varjeli heidän matkansa ja elämänsä, tästä kertoo Raamattu. Israel ehkä meni naimisiin ja sai lapsia. Häntä odotti uskovainen neitsyt uskovaisen Jumalan luoman kansan parissa ja emme tiedä onko Haagar löytänyt puolison ja saanut lisää perillisiä ja minne he kulkivat.

Joillakin on herkkä iho ja partavesi auttaa siihen. On mahdollista kehittää alkoholiton. Lähes tai täysin hajuton partavesi. Deodorantin tehtävä on kuumassa edustaessa ehkäistä hien muodostus. Se voidaan kehittää täysin tai Lähes täysin hajuttomaksi. Saippuoita ja pesuaineita on hajuttomia. RAAMATTU KIELTÄÄ HAJUSTEIDEN KÄYTÖN. NE JOHTAVAT HARHAAN SEURAUKSIA EI AINA VOI KORJATA. JA KAIKESTA VASTAA VIIMEISELLÄ TUOMIOLLA.

Miten saatana teki antikristuksen ja sen pappeja. Sillä hänenhän piti olla ihminen. Hänellä on paikkaa vaihtavia salaisia temppeleitä. Hän kastoi temppeliinsä syntyneen vauvan pappinsa hahmossa. Hän kasvatti hänet ja näytti hallitsevansa jo melkein koko maailmaa. Hän kasvatti hänelle pappeja, papittaren, keksijöitä ja tiedemiehiä, kuten freud ja pavlov. Myös Kristityn väärän profeetan ja omat profeettansa kirkkoihin. Hän näytti ylivertaisuutensa. Niin hän loi opin, kuinka aika on muuttunut ja Raamatun teki vanhantunut. Sillä hän antoi löytää Torinon käärinliinat, jotka oli tehnyt, jättämiään muumioita ja aitoja asiakirjoja tuhansien vuosien takaa. Hän opetti omansa kastamaan, vihkimään, siunaamaan hautaan ja uuden pappisvihkimyksen ja uuden saarnan, jonka hän ilmoitti papeilleen ja papittarilleen vaikka puheen aikana ja taikamerkit alttarin edessä. Amen.

baalin temppelin salaisuus. Pimeässä loukossa temppelissä oli baal, saatana, saatanan tekemä mies, hänen käärmeensä. Hänellä oli muutama luotto huora, joille opetti käärmeen tarinan. Oli lisäksi muutama miespappi, jotka saivat nähdä hänet. baalin papittarille kerrottiin, että baal on jumala. He eivät saaneet nähdä käärmettä, sillä sitä ei nainen kestä nähdä, hän liian kauhea. Ne jotka näkivät, tekivät temppelin salaisuuden ja jumalan ja opin. monesti profeetat kaatoivat baalin temppelit, ja uskovaiset kuninkaat, kuten Jesajan käskystä Hiskia tuhosivat temppelit. Mutta baal jäi pimennossa elämään ja rakensi temppelit yhä uudelleen. Jeesus murskasi saatanan, kärmeen, ja baalin. Saatana pakeni pimeisiin loukkoihin ja teki antikristuksen ja vaikutti pimeydessä, ja odotti aikaa nousta.

Saatana loi herrasmiehensä pimeydessä ja levitti eritoten tanssi paikoille. Viihteeseen ja omat luomuksensa elokuviin ja musiikkiin ja muuhun viihteeseen. Eritoten lukiot ja korkeakoulut ja jo antiikin aikana langenneet ja nais käärmettä suojelevat teatterit ihastuivat häneen. Ja ottivat hänet. Hänen tapansa harrastaa ryhmäseksi toi synnittömyyden tunteen. Hän saattoi tehdä satoja naisia ja vaikka heillä oli satoja mies maksajia takana yhdytöineen. Hän sanoi, että rakastelu hänen kanssaan oli normaalia kuin avioelämä, ja hän palautti meitsyyden, lupasi ihanan menestyvän opin, kuin jo ennalta lähettämänsä tiedemiehet ja keksijät, kuten pavlov ja Freud. Jotka Jumala hautasi helvettiin ja asetti enkelinsä vartioimaan salaisuutta.

Raamatun mainitsema verinen lakana tai puhdas. Ei enää kerro totuutta. saatanalla on nuoria ilotyttöjä, jotka voivat menettää neitsyytensä tuhansia kertoja. Ja hänen kirurginsa, ompelee immenkalvon takaisin. Ja tanssipaikat ovat täynnä huoria. Jotka ovat esineellä puhkaisseet kalvonsa, eikä sieltä palanneet jutuista saa totuutta, koska hän ei saa sitä tietää, miten häntä saatanan luolista ja temppeleistä ohjataan.

Miksi esim Afrikkaan syntyi pakanoita. He siellä kyllä uskoivat ja odottivat, mutta olivat myös saatanan joukot, jotka tekivät murhia ja vääryyttä. Tulivat valloittajat. Heille oli jo levinnyt sanoma Jeesuksesta. Pelastajasta. Joka lähettää joskus lähettiläänsä. Mutta tulivat saatanan lähettämät väärät profeetat. Jotka ajattelivat löytäneensä eläimien tapaisia olioita. Miten lie syntyneet. He alkoivat lopulta tappaa uskoa. Ottamalla synkintä noitien musiikkia ja yhdistämällä läntiseen saatanan musiikkiin, että näin He voittavat saatanan, kun ottavat sen ja he jotka uskoivat, eivät uskoneet heihin ja heidän pakanalliseen käännyttämiseen. He jäivät odottamaan meitä.

Minä selitän yhden merkittävän Raamatun kohdan. Jo Aadamilla ja Eevalla oli Pyhä Henki ja jokaisella syntyvällä lapsella. Mutta synti ja kirkkousko murhaa sen ja tulee epäuskoinen ja jokainen epäuskoinen on pakana. Pietari sai kokea, kun Pyhä Henki laskeutui parannuksen tehneiden entisten pakanoiden päälle. Mutta he eivät enää olleet pakanoita. Vaan Jumalan Lapsia ja heillä oli jo Pyhä Henki. Pyhä Henki vain kuin kerran uskovaisten päälle tulenlieskoin. Laskeutui heille että kaikki sen huomasivat ja täytettiin Pyhällä Hengellä, mutta paikalla oli vain uskovaisia, joilla oli jo Pyhä Henki. Ja tämä oli uskon vahvistus, joka kirjoitettiin Raamattuun. Mutta Pietari sanoi: että Pyhä Henki pakanoidenkin päälle vuodatettiin. Hän oli juutalaisessa saatanan tekemässä opissa, että vain juutalaiseksi syntyneet pelastuvat, mutta esim portto Rahab, saatanan temppelin seksiorja, vierasta muukalaista kansaa, sai parannuksen armon. Ja takaisin sen Pyhän Hengen lahjan, jonka oli syntiteillä menettänyt, eikä edes uskovaisen huorinteko vie Pyhää Henkeä ja uskoa. Kun tunnustaa heti tehneensä huorin ja lupaa tehdä parannuksen heti kun mahdollista ja siksi jostain Etelä Amerikasta löytyi elävä usko, koska he tekivät huorin, mutta tunnustivat sen ja heillä oli evankeliumi, jonka sanamuotoa emme tiedä. Jolla uskovainen antoi synnit anteeksi ja Jeesus antoi synnit, kaikki anteeksi katsomalla laupiaasti päälle. Profeetat kaikille jotka uskoivat, kuten me esim nettiseuroissa. Pietari sai tietää totuuden ja kaiken tämän. Mutta ei saanut kirjoittaa sitä, koska oli vaarassa tulevat eksytykset ja harhaopit ja tämä kirjoitettuna olisi vaarallinen tieto säilyttää vuosituhansia, mutta se periytyi uskovaisten mukana mutta Tiede ja väärät kirkkoisät ja roomalaiskatolinen kirkko murhasivat tiedon joka oli suullisesti leviävä ja Luther ei tiennyt tätä. Eikä Lestadius ja saitte käyttämämme tavat hoitaa syntistä ja ottaa Siionin yhteyteen ja antaa synnit anteeksi. Jeesus ei kastanut vedellä, eikä kukaan tohtinut kastaa sitä. Jonka Hän tulella ja Hengellä oli kastanut.

Saitte opin. Kaste on armoliitto. Siitä voi luopua. Oikeaa kastetta ei tarvitse uusia. Uskon ja armoliiton voi menettää. Parannus palauttaa armoliittoon. Minut kastoi äiti, ja hänellä oli kaste, ei uusheränneellä papilla ja joudumme sellaiset kastamaan uudelleen. Kätten päälle paneminen ja siunaus oli apostoleille annettu tapa kastaa aikuinen parannuksen tehnyt.

saatana keksi paljon turhaa tiedettä riesaksi. hänen enkelinsä antoivat esim. lähes koko teoreettisen matematiikan. saatana on tuhanten juonten mestari ja antaa jatko tiedettä ja todistaa ne vaikka enkeli tekona oikeaksi ja keittää jotain käyttöä tieteelle. Jumala antaa kyllä ajallaan ne keksinnöt, mitä tarvitsemme. Meillä on paljon turhaa, mitä ilman pärjäisimme. Enkelille ei ole mikään ongelma pysäyttää aika tai laittaa se kulkemaan taaksepäin, muuttaa ainetta ja sen koostumusta. Esim. Einsteinin suhteellisuusteoria on puppua. higgsin hiukkasta ei ole. Se on ihmisen suuruudenhulluutta olla Jumalan vertainen ja tietää kaikki. Jumala loi kaiken tyhjästä, aivan kaiken. Jumala on henki, joka tuli lihaksi Hänen Pojassaan Jeesuksessa ja ihmisessä on Jumalan kolmas persoona, Pyhä Henki ja siitä antiikin sanonta: ”te olette Jumalat”.

Jumala loi kaiken Pojassaan, sillä Kristuksessa kaikki on luotu. Kaikki näkymätön ja näkyvä ja aine ja elämä ja kuten Luther sanoi: Kristus on Raamatun Herra ja kuningas. Jeesus antoi lain ja koko Raamatun sisällön, joka ikisen sanan, ja lakia ei kumonnut Jumala, vaan roomalaiset valloittajat, tieto siitä periytyi vielä Apostoleille ja heidän oppilailleen, mutta vuosituhansien saatossa ketju katkesi ja sanansaattajat murhattiin. Jeesus itse sanoi: ”Ennemmin maa ja taivas katoaa, kuin vähinkään piirto laista ja profeetoista katoaa”.

Jumala ei anna teorioita. Hän ilmoittaa totuuden. saatana on valehdellut kaiken niin taitavasti, että hänen juoniaan ei voi todistaa vääriksi, voi vain Raamatulla ja Jumalan ilmoituksella todeta: tämä on valetta. Kaikkea valetta ei kuulu ottaa. Ihmisen suuruudenhulluudella pitäisi olla raja. Miksi tarvitsemme kaiken sen, mitä tavoittelemme. saatana käyttää sitä hyväksi.

Selitän vielä Hesekielen näkemää kedolla, kun henki kuljetti hänet kedon laittaa. Luut saivat lihaa. Oli muutamia, jotka olivat kuivuneet uskossaan, ja olivat uskoneet kuitenkin ja he virkosivat elämään. Mutta suurimman osan on myöhäistä katua. He kuivuivat jälleen ja alkoivat lahota. Mutta näin on viimeisellä tuomiolla. Kaikki saavat lihansa. Ja osan lihaa ihminen ei kestä nähdä. Se on niin syntinen, paatunut, täynnä vihaa, kostoa ja murhaa ja kirottu.

Kun yhdynnässä mies ja nainen tulevat yhdeksi lihaksi ja heidän verensä yhdistyy.

Tapahtuu. Nainen joutuu tunnustamaan, hänen veressään on käärme. Se ei ollut ensin ja

he yhtyivät ja muuttuivat yhdeksi lihaksi synnittömästi. Mutta käärme petti Eevan ja iskeytyi

hänen vereensä. Aadamin piti puhutella rakkaudella langennutta vaimoaan ja Jumala olisi

antanut anteeksi. Näette saarnaajan vastuun, aina miehen, jos hän ei puhuttele synnistä,

hän on kuoleman ja helvetin oma. Adam ei puhutellut ja niin hän lankesi vaimon

viettelykseen ja lymysi ja pakeni Jumalaa kuin tänä päivänä saatanan ilonpitoihin,

äänestää, käy kouluja ja virkoja ja tuomioistuimia, opettajia, lakeja ja vartijoita, lääkäreitä.

Tieteitä ja poliiseja. Jumala otti Adamin kiinni ja Adam katui. Jumala tosin armahti antoi

synnin päästön viran ja lupauksen Pojastaan Jeesuksesta, joka sovittaa kerran synnin ja

polkee murskaksi saatanan, käärmeen ja sen pään. Mutta saatana käärme ja Baal.

Antikristus jäi saatanan olomuotona maan päälle pimeisiin joukkoihin, loi huvit oman

musiikin TV n ja paljon muuta. Armon alla vaelsi jo VT uskovaiset. Tämän kertoo

Raamattu ja mm nuori Daniel ja Daavid ja moni muu. Laki Oli jumalattomille. Jotka eivät

katuneet ja alkoivat murhaajiksi ja jotka nousivat Moosesta vastaan. Olivat kadotettuja ja

helvettiin tuomittuja ja lain alla. Samoin he. Jotka väärin todistivat Mooseksesta, että hän

oli miehen tappaja, kun Jumala käski hänen tappaa egyptiläinen. Joukossa oli pieni joukko

Jumalan Lapsia, eikä mikään ole juuri muuttunut. Ei Jumalan armo. Ei uskollisuus. Sillä

kun Jeesus oli heittämässä Isälleen henkensä, käveli saattueena sekaamme VT profeetat.

Laki. Patriarkkojen perintö ja kaikki Raamatun Pyhät. Laki ja profeetat jäivät voimaan,

mutta käärme oli murskattu ja Jeesus joka asetti lain ja ilmoitti koko Raamatun. Lopetti

ympäri leikkauksen ja poisti puhdistussääntöjä ja uhreja sillä täydellinen uhri. HÄN HERRA

JEESUS KRISTUS. Oli annettu. Ja himo oli miehen veressä jo Paratiisissa ja sen antoi

Jumala mutta siihen tuli synti. Koska Adam lankesi syntiin.

Jumalan mies

Oli Jumalan mies
hänellä oli heikko liha
kuten minulla
huorat
pornotähdet tulivat
hänen makuuhuoneeseensa
internetin välityksellä

Hän teki ne huorin
kuten minäkin
Hän tunnusti tämän synnin
seurapuheessa
Hyökkäsi saatana
puolusti vankejaan
vietteli heikon naisen
tuomitsi

Kuolemantuomio

oli osa Jumalan miehen

uskonsa tähden

kärsi hän rangaistuksen

eivät marttyyrit ole kadonneet

saatana on tuomittu

helvetti hänen omansa

kuolemaan hän tuomitsee

sen joka

Jumalan kansaa puolustaa

Tämä on musiikki-runoesityksenä Youtubessa, sivuilla, joille linkki on kirjailija sivuiltani www.kirja-lakka.com .

Homon tuomio

Homous

ei ole taipumus

vaan saatanan aikaan saama himo

jollekin hän tekee sen lapsena

ennen muistin alkamista

hänellä säilyy himo naiseen

hän ei saa maata miehen kanssa

halu, ja sen toteutus

on kaksi eri asiaa

Homoteon voi joskus saada anteeksi

jos lankesi himoon

koska himon saa anteeksi

mutta jotkut antautuvat saatanalle

joka on homo

ja antavat ruumiinsa hänelle

antautuvat, kieltävät Jumalan

Tällaisia ovat homosuhteessa elävät

on myöhäistä katua

he elävät vailla Jumalaa

Kristus on heidät kironnut

helvetti odottaa

pimeyteen he kuuluvat

siellä elävät

joukossa kadotettujen

tuomittujen

translaki on Pyhän Hengen pilkka

sen on Kristus tuominnut

ja minkä Hän on tuominnut

sitä ei koskaan saa anteeksi

vaan helvetti odottaa

Tämä on musiikki-runoesityksenä Youtubessa, sivuilla, joille linkki on kirjailija sivuiltani www.kirja-lakka.com .

Kuolemaan tuomitun laulu

Hän istui vankiselissään
lauloi kiitosvirsiään
Oli täyttänyt Herran tahdon
edessä palkka ihmisten

Odotti saatana ovella
vartioi saalistaan
odotti hetkeä iskeä
josko saisi
saaliinsa raiskattavaksi

Hän oli muinainen apostoli
hän oli kuunnellut tahtoa Jumalan
eivät ihmiset uskoneet
kova oli heidän sydämensä
epäuskonsa

”Nyt kiitos olkoon Herralle
kaiken antajalle
Hälle elämäni annoin
nyt kuolemani uskon
käsiin Luojani”

Tuli aamulla vartija
ei saatana saanut uhriaan
käsiin esivallan
annettiin tuomio
Herran palvelijan

Odotti mestauslava
vielä viimeinen kiitos
nousi Jumalan puoleen
palvelijan
niin vähäisen

Palkka

Kansa huutaa
olkaa suvaitsevaisia
vaadimme oikeuksia
tasa-arvoa
Antakaa meidän
Surmata Jeesus
yhä uudelleen!
Meillä on
oikeus siihen!

Ristiinnaulitsemme
kenet tahdomme
meillä on
demokraattinen oikeus
siihen
Kuka estää meitä?
Jumala?

Mikä se on?
Vaadimme
parempia satuja!

Me teemme
mitä tahdomme
Aika Jumalan on ohi
eikä sitä olisi
tarvinnut ollakaan
Meillä on oikeutemme!
Teemme lakimme
sen mukaan
Kuka meitä
voi estää!

Olemme aina
saaneet surmata
profeetat
Pidämme
oikeudesta kiinni

me tuomitsemme

Jumala kuunnelkoot!

Kerran

on ennustusten

aika

Paha saa palkkansa

käärme

ei saa armoa

saatana tallataan

Jumalan jalkoihin

,

Jumalan kansa

odottaa

päivää levossa

Kun pasuuna soi

ja idän taivas aukeaa

soitto kuin

enkelten laulu

suloinen

Toisille

julma, armoton

Herran rauha

kansansa omaisuus

Jeesuksen sovintotyö

antaa turvan

Pilkka sattuu

ei tapa

Jumala on edelleen

kansansa turva

Tämä on musiikki-runoesityksenä Youtubessa, sivuilla, joille linkki on kirjailija sivuiltani www.kirja-lakka.com .

Lapsikuningas

Manassesta tuli heikko, voimaton hallitsija 12-vuotiaana ja hänen hovijuonittelijansa johtivat maata. Daavidin Jumala voiteli jo nuorena, muttei antanut vielä valtaistuinta, vaikka olisi toki pysynyt. Ruotsiin on valittu ainakin kerran kuningas 12-vuotiaana. Hän kyennyt johtamaan maata, vaan hänen hovijuonittelijansa johtivat. Ei ole oikein valita lasta näin vaativaan tehtävään, koska ei hän kykene tehtävään ja häntä käytetään hyväksi. Kuinka olisi pitänyt menetellä. Ehkä vaikka kuninkaan veli piti nostaa kansan tilapäiseksi hallitsijaksi. Häntä ei välttämättä olisi voideltu kuninkaaksi, vaan hän olisi ollut presidentin tapainen tilapäinen hallitsija ja kuninkaan pojalle olisi annettu kruunu hänen ollessaan täysi ikäinen ja kypsä ottamaan valta ja vastuu.

Kasakat olivat Jumalan voittamia, miehettomiä ja Jumalattomia vaeltajia. Heidän seassaan asui ääretön pahuus. Kun pahuus kasvoi suureksi, alkoivat ne seuraukset, joista historia kertoo. Syntyivät murhaajat.

Mussolinin ruumiin häpäisy oli saatanan voitto. Mussolin oli hirviö, mutta ruumiin häpäisy on aina saatanan työ. Hän halusi häpäistä Mussolinin, luodakseen kostajan hänen ruumiilleen.

Vainajalle kuuluu hautarauha, oli hän kuka tahansa. Vainajalle kuuluu se omaisuus, mitä hautaan on laitettu. Espanjalaiset murhaajat ryöstivät Inkojen hautoja. saatana kulki heidän seurassaan ja ryösti haudat ihmisen hahmossa. Pyramideihin tukeutui paholainen ihmisen ruumiissa. Jumala kosti näitä töitä ja tiedämme haudanryöstäjiä kohdanneen selittämätön kuolema.

www.ingramcontent.com/pod-product-compliance
Ingram Content Group UK Ltd.
Pitfield, Milton Keynes, MK11 3LW, UK
UKHW021347160826
14477UKWH00024B/549

9 789528 085300